LIÇÕES DE PRINCESA

OBRAS DA AUTORA
PUBLICADAS PELA RECORD

Avalon High
Avalon High - A coroação: a profecia de Merlin
Cabeça de vento
Sendo Nikki
Como ser popular
Ela foi até o fim
A garota americana
Quase pronta
O garoto da casa ao lado
Garoto encontra garota
Todo garoto tem
Ídolo Teen
Pegando fogo!
A rainha da fofoca
A rainha da fofoca em Nova York
A rainha da fofoca: fisgada
Sorte ou azar?
Tamanho 42 não é gorda
Tamanho 44 também não é gorda
Tamanho não importa
Liberte meu coração
Insaciável
Mordida

Série **O Diário da Princesa**
O diário da princesa
Princesa sob os refletores
Princesa apaixonada
Princesa à espera
Princesa de rosa-shocking
Princesa em treinamento
Princesa na balada
Princesa no limite
Princesa Mia
Princesa para sempre

Lições de princesa
O presente da princesa

Série **A Mediadora**
A terra das sombras
O arcano nove
Reunião
A hora mais sombria
Assombrado
Crepúsculo

Série **As leis de Allie Finkle para meninas**
Dia da mudança
A garota nova
Melhores amigas para sempre?

Série **Desaparecidos**
Quando cai o raio
Codinome Cassandra

MEG CABOT

Ilustrado por Chesley McLaren

Lições de Princesa

Tradução de Fabiana Colasanti

5ª edição

RIO DE JANEIRO | 2012

CIP-BRASIL. CATALOGAÇÃO NA FONTE
SINDICATO NACIONAL DOS EDITORES DE LIVROS, RJ.

Cabot, Meg, 1967-

C116L   Lições de princesa / Meg Cabot; tradução de Fabiana Colasanti. – 5ª ed. –
5ª ed.   Rio de Janeiro: Galera Record, 2012
         Tradução de: Princess lessons
         ISBN 978-85-01-06998-6

         1. Meninas – Conduta – Literatura juvenil. 2. Meninas – Guias de
experiência – Literatura juvenil. 3. Etiqueta para crianças e adolescentes
– Literatura juvenil. I. Colasanti, Fabiana. II. Título.

12-2455   CDD 028.5
                           CDU 087.5

Título original norte-americano
PRINCESS LESSONS

Copyright © 2003 by Meggin Cabot

Todos os direitos reservados. Proibida a reprodução,
no todo ou em parte, através de quaisquer meios.
Os direitos morais do autor foram assegurados.

Texto revisado pelo novo Acordo Ortográfico da Língua Portuguesa.

Direitos exclusivos de publicação em língua portuguesa para o Brasil
adquiridos pela
EDITORA RECORD LTDA.
Rua Argentina 171 – 20921-380 – Rio de Janeiro, RJ – Tel.: 2585-2000
que se reserva a propriedade literária desta tradução

Impresso no Brasil

ISBN 978-85-01-06998-6

Seja um leitor preferencial Record.
Cadastre-se e receba informações sobre
nossos lançamentos e nossas promoções.

Atendimento e venda direta ao leitor:
mdireto@record.com.br ou (21) 2585-2002.

*Este livro é para todas as princesas em treinamento por aí.
Longo seja o seu reinado.*

*Um agradecimento real a todos os
que contribuíram com este livro: Jennifer Brown,
Barb Cabot, Alison Donalty, Barb Fitzsimmons,
Michele Jaffe, Josette "Twirly" Kurey, Laura Langlie,
Abby "Jou Jou" McAden, Chesley McLaren e
especialmente ao consorte real Benjamin Egnatz.
– M. C.*

*Muito obrigada à Alison Donalty, Barb Fitzsimmons,
Sasha Illingworth, Abby McAden e Meg Cabot
por me incluírem em um projeto tão nobre!
– C.M.*

SUMÁRIO

Introdução: 11
A Princesa Amelia Mignonette Grimaldi Thermopolis
Renaldo diz como ser uma princesa
A Princesa Mia conta a verdade

I. *Beleza:*   13
Paolo, do Chez Paolo, fala sobre o penteado adequado,
manicure, aplicação de cosméticos e tratamento de pele
reais
*Ser uma princesa não é só fazer caridade e comparecer a funções de
Estado – a imagem é igualmente importante. O incomparável Paolo
conta seus segredos*

II. *Etiqueta:*   29
A Princesa-Mãe Clarisse Renaldo fala sobre jantar, con-
duta, ser a anfitriã perfeita e a postura digna da nobreza
Grandmère decreta o que é e o que não é socialmente aceitável

III. *Moda:*   67
O aclamado *designer* de alta-costura, Sebastiano Grimaldi,
e a Princesa-Mãe, Clarisse Renaldo, revelam o guarda-
roupa essencial de uma princesa
Sebastiano e Grandmère saem do armário

IV. *Caráter*: 85

A Princesa Mia e seus amigos exploram como florescer com nobreza na complexa hierarquia social dos dias de hoje

Ser uma princesa não tem a ver só com a sua aparência. Tem a ver com as suas atitudes

V. *Educação*: 103

Os assessores reais da Princesa Mia refletem sobre os vários aspectos do ensino médio – tanto na sala de aula quanto fora dela

Do bordado a resoluções tomadas em grupo, todos os campos de estudo necessários a uma princesa

VI. *O Misterioso Mundo dos Garotos*: 117

Tina Hakim Baba conta tudo sobre encontros, beijos, amor e os riscos de perseguir (e de ser perseguido por) uma princesa. E também: uma entrevista exclusiva com o consorte real Michael Moscovitz

Tina oferece remédios rápidos para o nobre coração amargurado

Conclusão: 134

Os pensamentos finais da Princesa Mia

E alguns pós-escritos aleatórios

INTRODUÇÃO

por Sua Alteza Real, Princesa Mia Thermopolis

Desde que descobri que sou a herdeira do trono de um pequeno principado europeu (Genovia, população 50.000), houve *muito* interesse sobre o que realmente acontece durante minhas lições de princesa com minha avó, a Princesa-Mãe Clarisse. Não sei por quê, já que ser uma princesa na verdade é muito chato, e as lições de princesa com Grandmère são, bem... um saco. Eu gostaria bem mais de ser uma garota normal e poder ir ao treino de *softball* depois da escola do que ter de ir para as aulas de princesa todos os dias (na verdade, não, porque eu nem gosto de *softball*, não tenho a menor coordenação entre o olho e o braço, mas vocês entendem o que quero dizer).

De qualquer maneira, já que todo mundo vive me perguntando, "Ah, Mia, você pode nos dizer qual é a forma correta de fazer uma reverência?", e tal, eu achei que devia compartilhar o que aprendi durante as longas e exaustivas horas que passei com Grandmère, para que vocês também possam praticar o que é ser uma princesa (ainda que eu sinceramente não saiba por que iriam querer isso. Vejam menção acima: fator sacal).

Tudo que precisam saber sobre postura e boas maneiras e como se dirigir a seus súditos está aqui, se estiverem interessadas nesse tipo de coisa. Vocês sabiam, por exemplo, que nunca se deve chamar um duque de "milorde"? Não, é sempre "Sua Graça".

Já que estou longe de ser uma especialista nesse negócio de princesa, tive de pedir a alguns de meus amigos e parentes para contribuírem com dicas. E, para falar a verdade, nem Grandmère sabe tudo sobre ser uma princesa (mas, por favor, não digam a ela que eu disse isso).

A única coisa em que não acredito é eu não estar recebendo nota na escola por isso. É totalmente injusto, mas tudo bem. Sacrifício pessoal faz parte do pacote de ser princesa, como vocês estão prestes a descobrir.

Nota de
Sua Alteza Real, a Princesa Mia

Princesas de verdade sempre procuram ter a melhor aparência possível – mas, hmm, a minha melhor aparência provavelmente é totalmente diferente da sua. Há muitos tipos de beleza diferentes. Como aquelas modelos que vemos nas capas das revistas. Muita gente pode considerá-las, tipo, o símbolo da perfeição e tal, mas lembrem-se: na França acham bonito não raspar debaixo do braço.

Então, como veem, a beleza é mesmo relativa.

As princesas, como as pessoas, vêm em formatos e tamanhos diferentes. Não há um visual único que sirva para todo mundo. Ter um corpo saudável é muito mais importante do que ter um corpo que fique bem em um *jeans* de cintura baixa. E é claro que ser uma pessoa legal é a coisa mais importante de todas. Ao longo da História, as princesas não foram lembradas pelo tamanho da cintura de suas Levis 501, mas pelas boas ações que realizaram enquanto estavam no trono.

Porém, há uma coisa que fica bem em todo mundo: confiança. Tenha confiança em você mesma e na sua aparência e as pessoas vão ver sua beleza externa, assim como a interna.

Pelo menos é o que todo mundo vive me falando.

LINDA PRINCESA

*por Paolo,
proprietário do Chez Paolo, em Nova York*

Fui eu, Paolo, quem transformou a *Principessa* Amelia de patinho feio em cisne. Você também pode parecer uma princesa, se seguir as regras simples de Paolo.

A beleza é *molto* importante, mas, com frequência, é exagerada! O *look* de uma princesa é *bella*, saudável e bem arrumada. O objetivo é parecer sadia, e rímel, *blush* e brilho para os lábios são as ferramentas que a farão chegar lá.

Todo mundo – principalmente eu, Paolo – adora brincar com maquiagem. Mas, lembre-se: máscaras só funcionam no Dia das Bruxas.

Não exagere na base ou na sombra a não ser que queira assustar o populacho (além do que seus pais também não vão gostar muito, não?). Paolo aconselha a todas as pequenas *principessas* a seguirem a linha *natural* e *bella*. Se você quer o *look* dramático de lápis preto e batom vermelho, entre para a turma de teatro da sua escola (eu abomino lápis preto). E não venha chorando para o Paolo se todas as princesinhas fugirem correndo de você, horrorizadas. Só seguindo as regras do Paolo você pode ter certeza de um resultado *molto perfetto*!

ITENS ESSENCIAIS DA PRINCESA

O que toda *principessa* deve ter em sua bolsa de mão (além de dinheiro para o táxi, pastilhas de hortelã, tiara de emergência e escova de cabelo):

- Batom ou *gloss*
- Estojinho de pó compacto (para tirar o brilho do nariz)
- Corretivo (para olheiras debaixo dos olhos causadas por aquele encontro romântico tarde da noite, não? Também para manchas)
- Lápis de olho

O que toda *principessa* deve ter em seu banheiro (além de um telefone e uma televisão pequena para que ela possa ficar a par dos acontecimentos mundiais mesmo enquanto lava o corpinho real).

- Sabonete facial, esfoliante (ou use uma toalhinha, mas com delicadeza!) e hidratante
- Adstringente, tonificante, remédio para acne, máscaras de beleza
- Base, corretivo (para olheiras/manchas)
- Sombra, delineador (nada de lápis preto – Paolo abomina lápis preto!)
- *Blush* (cor natural – a não ser que queira parecer uma *principessa* palhaça)
- Rímel
- Estojo de manicure (esmalte de unha, lixa, cortador de unha)
- Produtos para o cabelo (xampu, condicionador, produtos para modelar etc.)

O REGIME DE BELEZA DO PAOLO PARA A PRINCESA

O *look* para a realeza? Fresca e limpa! Para consegui-lo, siga a rotina diária de beleza que fiz para a *Principessa* Amelia:

1. Lave o rosto pela manhã e à noite com um sabonete suave. Prossiga com o esfoliante, se necessário (até a realeza tem cravos! Acredite!) e produtos antimanchas ou hidratante.

2. Lave o cabelo com um xampu suave uma vez por dia, ou dia sim, outro não. Em seguida, use o condicionador. Utilize um pente de dentes largos para desembaraçar. Ninguém quer ver uma *principessa* careca!

3. Produtos para o cabelo, como musse ou gel, usados com moderação, podem ajudar a controlar uma juba selvagem ou dar volume a cabelos finos. Encontre o produto que funciona melhor para você consultando um cabeleireiro profissional como eu, Paolo, ou experimentando em casa.

4. Tome banho de banheira ou de chuveiro diariamente. *Principessas* são famosas por serem cheirosas, não?

5. Desodorantes/antiperspirantes são fundamentais! Quer você esteja jogando críquete o dia inteiro ou sentada debaixo dos holofotes quentes de um estúdio de televisão sendo entrevistada por um jornalista famoso, uma *principessa* nunca deixa que a vejam suar – quer dizer, transpirar.

6. Raspe ou depile com cera pelos indesejados. A *Principessa* Amelia insiste que isso é uma escolha pessoal e que as mulheres não devem achar que devem se depilar apenas para se adequarem aos "hábitos sociais de sua cultura". Eu, Paolo, não poderia discordar mais veementemente – mesmo se você for francesa.

Depilar faz uma bagunça e pode causar irritações na pele! É melhor deixar que um profissional de salão de beleza como eu, Paolo, faça isso. Produtos de remoção de pelos, como cremes depilatórios, são caros, têm cheiro ruim e não tiram todos os pelos. Uma boa gilete e muito creme de barbear é o melhor método, se você não quer ter pelos, como deve ser uma *principessa* (mesmo as francesas).

E, por favor, por Paolo, se você tem pelos crescendo acima dos lábios ou no queixo, tire com pinça ou clareie (siga cuidadosamente as instruções na caixa do descolorante). Nunca raspe o rosto. Nenhuma *principessa* deve ter irritações acima do lábio por causa da lâmina de barbear.

7. Até mesmo nervosas roedoras de unha como a *Principessa* Amelia podem ter unhas bonitas! Mantenha-as bem cortadas e pintadas, com esmalte clarinho (esmalte escuro faz as unhas parecerem mais curtas). Empurrar as cutículas também faz unhas roídas parecerem mais longas.

O CABELO DA PRINCESA

Todo mundo está procurando Paolo, chorando como bebê:
– Ah, meu cabelo é cacheado! Faça com que fique liso! *Principessas* têm cabelo liso!

Bem, eu, Paolo, gostaria de dizer uma coisa:

Principessas podem ter cabelo cacheado. *Principessas* podem ter cabelo liso. *Principessas* podem ter cabelo escuro. *Principessas* podem ter cabelo louro. *Principessas* podem ter trancinhas afro, extensões, cortes militares e *dreadlocks*. A chave para se ter o cabelo de uma verdadeira *principessa* é:

O cabelo de uma *principessa* tem de estar limpo
O cabelo de uma *principessa* não pode tapar os olhos
O cabelo de uma *principessa* não pode levar mais de quinze minutos para ser penteado

Por que essa última regra? Porque, a não ser que você tenha a mim, Paolo, para arrumar o seu cabelo todas as manhãs, as *principessas* têm coisas melhores para fazer do que ficar mexendo no cabelo. Se o seu cabelo é liso e você passa meia hora todas as manhãs fazendo cachinhos, está perdendo seu tempo! Cabelo liso pode ser muito bonito. A mesma coisa com o cabelo cacheado. Se você passa horas com um secador tentando deixar seu cabelo liso com a escova, está perdendo mais tempo!

É possível ser uma *principessa* com cabelo verde? Sim, desde que seja um cabelo verde limpo, não esteja caindo nos olhos da *principessa* e a *principessa* não leve mais do que quinze minutos para arrumá-lo.

Qualquer que seja o *look* que você crie, assegure-se de que seja limpo, *bello* e fácil de manter. A última coisa em que uma *principessa* deveria pensar é em seu cabelo! Deixe que eu, Paolo, me preocupe com isso! Porque eu, Paolo, sou um artista. E a minha tela é o cabelo.

AS SOBRANCELHAS DA PRINCESA

Os olhos são as janelas da alma. Se isso é verdade, então a sobrancelha é a cortina da janela da alma. E quem quer cortinas feias, que parecem ter sido compradas numa loja de R$ 1,99? Você quer? Não! Por isso, a manutenção das sobrancelhas é *molto importante*! Nós, do Chez Paolo, recomendamos tirar com pinça. Eis um guia rápido para a técnica apropriada de fazer a sobrancelha:

Compre uma pinça, à venda em qualquer farmácia, não?

Fique um pouco afastada do espelho, para que possa ver seu rosto inteiro em um cômodo bem iluminado.

Este é um caso onde menos NÃO É mais. Não arranque demais! Retire apenas os fios que se estendem além do canto interior do seu olho ou que estão abaixo da curva natural da sobrancelha!

Retire os fios indesejados puxando-os em direção às orelhas (na direção do crescimento dos fios), para que o fio saia mais facilmente. O quê? Você está chorando? ÓTIMO! A dor significa que está funcionando!

Penteie a sobrancelha para cima e para fora, na direção do crescimento dos fios. Preencha os erros (e vocês todas vão cometer erros, já que não são Paolo) com um lápis de sobrancelha de uma cor que combine com a do seu cabelo.

Voilà! A sobrancelha perfeita, cortesia do Paolo.

SUA ALTEZA REAL, PRINCESA MIA THERMOPOLIS, PERGUNTA:

UMA PRINCESA PODE USAR APARELHO?

Por que não? Às vezes, até as princesas têm dentes imperfeitos. Apesar de eu mesma não usar aparelho fixo, tenho um aparelho móvel que uso à noite porque ranjo meus dentes por causa de problemas relacionados ao estresse causado por minhas notas em certa matéria. Mas isso é outra história.

De qualquer modo, Paolo diz que o segredo para se ter um sorriso bonito usando aparelho é:

Escovar com frequência – nada é menos nobre do que um pedaço de jujuba preso entre os dentes
Usar muito brilho e batom clarinho (cores escuras vão chamar a atenção para a boca)
Realçar os olhos (mas não demais – rímel e um pouco de *glitter* é tudo de que você precisa)

Junte isso tudo e você terá o sorriso perfeito (com aparelho)!

II.

etiqueta

*Nota de
Sua Alteza Real, a Princesa Mia*

Ser uma princesa não tem a ver só com a sua aparência. Grande parte tem a ver com as suas atitudes. Enquanto saber que garfo usar pode não *parecer* muito importante, muitos incidentes internacionais foram evitados pelas boas maneiras. Pelo menos, de acordo com Grandmère. Esperamos que, com os ensinamentos dela adiante, você seja capaz de evitar qualquer constrangimento social ou gafes da próxima vez em que VOCÊ estiver jantando com um embaixador ou chefe de Estado.

AS BOAS MANEIRAS IMPORTAM

por Clarisse Renaldo, Princesa-Mãe de Genovia

Por ter passado algum tempo nos Estados Unidos, só posso dizer que parece haver uma assustadora falta de boas maneiras nesse país. Motoristas de táxi buzinam sem a menor razão, garçons podem ser muito grosseiros na quarta ou quinta vez que você manda seu coquetel de volta para uma nova dose... até mesmo as chamadas *socialites* exibem uma chocante falta de consciência do decoro apropriado, às vezes chamando a "ceia" de jantar e vice-versa!

A etiqueta não é, afinal de contas, só para a realeza. É para todos nós! Somente quando aprendermos a tratar uns aos outros civilizadamente poderemos começar a ter esperanças de uma maior compreensão global e de um melhor tratamento por parte da criadagem.

POSTURA DE PRINCESA

Porte-se como uma Princesa

Se você deseja ser tratada como uma princesa, é importante que pareça uma princesa. As princesas nunca andam corcundas. Uma princesa mantém a postura ereta o tempo inteiro. Imagine um fio saindo do topo da sua cabeça e indo até o teto. Imagine que alguém está puxando esse fio, mantendo seu pescoço ereto, seu queixo

para cima. Entretanto, os ombros não devem ser jogados para trás – você é uma princesa, não um piloto de caça!

Quando estiver sendo fotografada de baixo para cima, assuma a "postura de modelo" – ou a terceira posição do balé (mas sem virar o pé muito para fora). Seu pé direito deve estar na frente, o esquerdo atrás e ligeiramente atrás do direito. Isso fará suas pernas parecerem mais finas. A não ser, é claro, que você esteja usando calças compridas.

Mas, para dizer a verdade, uma princesa nunca deve usar calças para uma sessão de fotos, a não ser que tenha tornozelos grossos.

Sente-se como uma princesa

As princesas sempre mantêm seus joelhos unidos quando sentadas. Isso serve para que o populacho reunido diante delas na sala do trono não vislumbre suas roupas íntimas! Imagine que está segurando algo muito pequeno entre os joelhos – como um anel de safira de dez quilates da Tiffany, por exemplo. É o quão unidos eles devem ficar.

Seus pés devem se cruzar elegantemente na altura do tornozelo, geralmente para um lado, ainda que diretamente abaixo da sua cadeira também esteja correto.

Em público, apesar do que minha neta possa pensar, as princesas nunca cruzam as pernas; sentam-se em posição de lótus; descansam os joelhos ou os pés na cadeira à sua frente; sentam-se em cima de uma perna; sentam-se com os joelhos bem separados (exceto quando orientadas a fazê-lo em pousos de emergência do jato do palácio, é claro); ou passam as pernas por cima do braço da cadeira.

As mãos devem descansar recatadamente no colo, a não ser que você esteja bordando, assinando documentos de Estado ou desembrulhando um merecido *cadeau* de um admirador.

Ande como uma princesa

Uma princesa não arrasta os pés, pula ou perambula. Ela anda com passos largos e confiantes, com a cabeça para cima, olhando para a frente e com os braços relaxados ao lado do corpo (exceto, é claro, quando está carregando uma bolsa ou um *chien* pequeno). Mais uma vez, imagine que há um fio saindo do centro de sua cabeça, puxando-a na direção do céu. É assim que uma princesa anda.

O acompanhante de uma princesa, seja ele o consorte ou um guarda-costas, deve sempre andar do lado da princesa mais próximo da rua, para protegê-la de lama espirrada por motoristas que estão passando ou de uma possível bala assassina.

DIRIGINDO-SE A SEUS SUPERIORES

Em conversa direta
TÍTULO

FORMA CORRETA
DE SE DIRIGIR

Rei ou rainha	Sua Majestade
Príncipe ou princesa	Sua Alteza Real
Sobrinha, sobrinho ou primo do soberano	Sua Alteza
Duque ou duquesa	Sua Graça
Conde, marquês, visconde ou barão	Milorde
Condessa, marquesa, viscondessa ou baronesa	*Milady*
Baronete ou cavaleiro	*Sir* (seguido pelo primeiro nome)
Esposa de baronete ou cavaleiro	*Lady* (seguido pelo primeiro nome)

TÍTULOS DE CORTESIA	FORMA CORRETA DE SE DIRIGIR
Filho de duques, marqueses ou condes	Lorde (seguido pelo primeiro nome)
Filha de duques, marqueses ou condes	*Lady* (seguido pelo primeiro nome)
Filhos de pares menos importantes, tais como barões e cavaleiros	O Honorável (seguido pelo primeiro e último nome, em referência indireta)

PLEBEUS	FORMA CORRETA DE SE DIRIGIR
Rapazes com menos de 18 anos	Mestre
Homens a partir dos 18 anos	Senhor
Moças abaixo de 18 anos	Senhorinha
Mulheres a partir dos 18 anos	Senhorita
Mulheres casadas	Senhora (a não ser que ela lhe diga outra forma)
Mulheres divorciadas	Senhorita ou frequentemente senhora, se mantiveram o sobrenome do marido
Viúvas	Senhora

[Já que você não chamaria Gisele Bündchen de "sra. Di Caprio", eu acho que isso não funciona na vida real. Talvez fosse melhor chamar todo mundo de "senhorita".]

[Esses comentários que está vendo em rosa são meus, Princesa Mia. Só para você saber.]

APRESENTAÇÕES À REALEZA

É tudo realmente muito simples: quando for apresentada à realeza pela primeira vez, os plebeus devem curvar-se ou fazer uma reverência conforme são apresentados – principalmente se forem residentes do país que a pessoa a quem estão sendo apresentados governa.

Todo mundo tem de se curvar ou fazer reverência para um rei ou uma rainha, mas reis e rainhas não têm de se curvar ou fazer reverência para pessoas hierarquicamente abaixo deles, como príncipes e princesas. Príncipes e princesas não têm de se curvar ou fazer reverência para duques e duquesas, duques e duquesas não têm de se curvar ou fazer reverência para condes e condessas, e assim por diante. Os americanos não têm de se curvar ou fazer reverência para ninguém, porque, há mais ou menos duzentos anos, eles tiveram muito trabalho para se desassociar do monarca que tornou seu país possível... mas Amelia me pediu para "não tocar nesse assunto", portanto vou deixá-lo de lado.

Ainda assim, é educado curvar-se ou fazer reverência para imperadores, reis e rainhas, e príncipes e princesas, sejam eles seus soberanos ou não.

A reverência perfeita

Ponha seu pé esquerdo atrás de seu pé direito, dobre ligeiramente os joelhos e depois fique ereta novamente. Não é necessário lançar o torso ao chão, como eu soube que algumas debutantes americanas gostam de fazer quando são apresentadas à sociedade. Um simples dobrar de joelhos já está ótimo, e você correrá menos riscos de cair de cara no chão.

A mesura perfeita

Mantendo seus ombros e pescoço retos, curve-se para a frente na altura da cintura, brevemente, e fique ereta novamente.

Viu? É tão simples.

[A diretora Gupta, da Escola Albert Einstein, fez uma reverência quando conheceu Grandmère. Foi a coisa mais engraçada que já vi na vida.]

APRESENTAÇÕES AOS PLEBEUS

Quando você é apresentada a alguém pela primeira vez, é importante sorrir, olhar a pessoa nos olhos e estender sua mão direita. Diga: "Olá, sou Clarisse Renaldo, Princesa-Mãe de Genovia (ou qualquer que seja o *seu* nome)." Quando cumprimentá-la, aperte sua mão com confiança, sem usar força excessiva. Você é uma princesa, não um praticante de luta greco-romana.

[Mas também não vai querer ter um aperto de mão fraco, ou as pessoas vão achar que você não está autoatualizada.]

Quando é você quem está fazendo as apresentações, assegure-se de incluir o primeiro e o último nome das pessoas. Se não conseguir lembrar o nome de alguém, apresente a pessoa cujo nome você lembra ("Conhece Sua Alteza Real, o Príncipe William?") e a pessoa cujo nome você não lembra normalmente se apresentará.

FALE COMO UMA PRINCESA

Sins e nãos em uma conversa

Quando conhecer uma pessoa pela primeira vez, comece pedindo seu conselho ou opinião. Não faça perguntas cujas respostas sejam sim ou não. Algo como "Em que região seu palácio de verão está localizado?" ou "O que achou daquele artigo brilhante sobre a família real japonesa no *New York Times* de hoje?" serve. Acontecimentos atuais, filmes populares, programas de televisão e música são excelentes para se começar uma conversa. Você também pode comentar o clima ou o aposento no qual se encontram.

[Só converse sobre o tempo como último recurso. O clima é um papo muito chato.]

Seja uma boa ouvinte:

Não monopolize a conversa, mesmo que você *seja* a única pessoa de sangue azul no aposento. Permita aos outros que falem também. Mesmo que esteja encantada com sua própria inteligência, lembre-se de parar e perguntar a seus conhecidos a respeito de suas opiniões e experiências.

Não fofoque:

Quando você acabou de conhecer alguém, não é sábio lhe perguntar algo como: "Você soube da história entre a condessa e o Príncipe René?" Porque ele pode responder: "Não, a condessa é minha esposa. O que houve entre ela e o Príncipe René?" De repente, você vai se sentir muito desconfortável.

Não xingue:
Princesas não falam palavrão a não ser quando sob provocação extrema, tais como ao cortar um membro fora ou ao perder uma joia de valor incalculável pelo ralo do bidê.

[Princesas não zombam da aparência, da tendência política, da religião ou das atividades extracurriculares dos outros. Nem das líderes de torcida.]

COMA COMO UMA PRINCESA

Jantar formal

Vai acontecer. Em algum momento, você vai ser convidada para um jantar formal. É importante que você se familiarize de antemão com os utensílios que serão utilizados.

Os utensílios sempre são posicionados para o uso de fora para dentro (do lado esquerdo do prato) e de dentro para fora (do lado direito do prato). O primeiro garfo que se pega é aquele mais distante do prato. O oposto se aplica às facas, do outro lado do prato. A faca a ser usada primeiro é a mais próxima do prato, e assim por diante.

[Isso é diferente do sistema PFDU em Álgebra – Primeiro, Fora, Dentro, Último. Sempre use o garfo ou faca mais próximo da sua esquerda.]

Arrumação formal da mesa (esperada em jantares de Estado, formaturas etc.)

Prato de jantar, posicionado para que o desenho no prato esteja voltado para o convidado

Prato de pão, posicionado acima dos garfos, à esquerda do prato de jantar

Taças de vinho e de água, acima das facas e colheres, à direita, posicionados por tamanho

Garfo de salada, posicionado à esquerda do garfo de jantar

Garfo de carne, à esquerda do garfo de salada

Garfo de peixe, à esquerda do garfo de carne

Faca de salada, à direita do prato

Faca de carne, à direita da faca de salada

Faca de peixe, à direita da faca de carne

Faca de manteiga, posicionada diagonalmente em cima do prato de pão

Colher de sopa e/ou colher de sobremesa, colocada por fora das facas

Garfo de ostra, depois das colheres

Guardanapo

Entendeu? *Três bien!*

Em uma mesa de jantar cheia, a questão de a quem pertence o copo de água, a taça de vinho ou o prato de pão às vezes se torna confusa. Isso pode ser esclarecido simplesmente formando com seu polegar e indicador esquerdo a letra b (de *bread*, pão em inglês) e, com seu polegar e indicador direito, a letra d, como é mostrado abaixo (de *drink*, bebida em inglês).

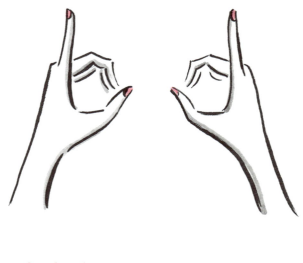

b = bread   d = drink

O prato de pão à sua esquerda é seu. O copo à sua direita também é seu.

Voilà!

[Você não quer comer o pão de outra pessoa por engano. Você não quer *mesmo* beber do copo de outra pessoa. Principalmente do copo de Boris Pelkowski, que sempre fica com comida boiando dentro.]

O que fazer em um jantar:

↩ Sempre espere até que todos estejam presentes à mesa antes de se sentar.
↩ Sempre ponha o guardanapo no colo.
↩ Sempre espere que sua anfitriã erga o garfo antes de você começar a comer.
↩ Sempre corte sua comida em porções do tamanho de uma mordida, usando o estilo europeu ou o americano. No estilo europeu, corta-se a comida segurando-se a faca com a mão direita enquanto a comida é mantida no lugar pelo garfo na mão esquerda. Simplesmente pegue a comida cortada com o garfo ainda na mão esquerda, virado para baixo. O estilo americano é igual, exceto pelo fato de que, depois de cortar a comida, a faca é posta na beirada superior do prato e o garfo passa da mão esquerda para a direita, virado para cima. Qualquer um dos estilos é perfeitamente aceitável.

⮪ Coma tudo o que está na sua colher ou garfo de uma vez só (faça porções pequenas).

⮪ Remova sementes, espinhas ou caroços da sua boca com os dedos (discretamente) e coloque-os na borda do prato.

⮪ Use os dedos para comer comidas como batatas fritas, batatas chips, sanduíches e espigas de milho. Assegure-se de limpar seus dedos no guardanapo após cada mordida – não os lamba.

⮪ Sempre peça licença se sentir necessidade de deixar a mesa no meio da refeição. Coloque seu guardanapo na cadeira.

⮪ Quando terminar, coloque sua faca e seu garfo ao lado um do outro atravessados no prato, e então espere que sua anfitriã se levante antes de deixar a mesa.

O que NÃO fazer em um jantar:

↪ Não comece a comer antes que sua anfitriã o faça.
↪ Não fale quando sua boca estiver cheia de comida.
↪ Não levante o dedo mindinho quando erguer o copo.
[Mesmo que a sra. Thurston Howell III faça isso.]
↪ Não corte sua carne (ou qualquer outra comida) em pedaços pequenos antes de começar a comer. Corte apenas o que pretende botar na boca naquele momento.
↪ Não encha a boca com muita comida, não importa o quão boa esteja.

[Principalmente coisas geladas, como *sorbet*.]

⌒ Não sugue o final do macarrão. Macarrão longo deve ser enrolado em porções pequenas no garfo, contra o lado côncavo da colher ou o lado do prato.

⌒ Não mergulhe novamente uma batatinha ou uma torrada em uma tigela de pastinha comum a todos se já tiver dado uma mordida.

Se, em um jantar formal – ou mesmo em uma refeição informal com os amigos – lhe oferecerem um prato que você não pode ou não quer comer, diga simplesmente, "Não, obrigada", em voz baixa e educadamente. Não é necessário explicar por quê, mas se for por causa de sua firme devoção ao estilo de vida vegetariano, você pode dizer isso à sua anfitriã, se conseguir fazê-lo sem que a mesa toda a ouça. De outro modo, diga apenas não, *merci*!

[Não é uma boa ideia tentar deixar cair algo a que você se opõe eticamente a comer, como melão enrolado em presunto de Parma, no chão embaixo da sua cadeira na esperança de que o cachorro de sua anfitriã o coma. É possível que o cão também não coma, e a comida acabe na sola do seu sapato. Não que isso tenha acontecido comigo.]

A PRINCESA E A (SOPA DE) ERVILHA

O prato que parece desconcertar a maioria dos convivas não é, como se pode esperar, a majestosa lagosta ou a espinhosa alcachofra, mas talvez o mais simples de todos os repastos: a sopa. Sim, sopa. Entre sorver ruidosamente e raspar a colher no fundo do prato, um grande número de desastres pode ocorrer quando a sopa é consumida incorretamente. O segredo da sopa é simples: deixe longe! Sempre mergulhe a colher na sopa *longe* de você! Então, erga a colher até a sua boca enquanto se inclina a partir da cintura por cima do prato de sopa. Nada de se debruçar por cima do prato como um cachorro esperando por sua comida!

Quando a sopa chegar aos seus lábios, tome-a SILENCIOSAMENTE pelo LADO da colher. Contrariando a opinião popular, em NENHUMA cultura fazer barulho é apreciado. Pelo menos, não pela realeza. E não enfie a colher inteira na boca como se estivesse tomando xarope. Sorva pelo lado. SORVA!

Quando a sopa no seu prato atingir um nível em que você tem de inclinar o prato para alcançá-la, incline o prato para LONGE de você. Entendeu? Colher LONGE, inclinar o prato para LONGE. Assim, você evita causar um derramamento do tamanho das cataratas do Niágara no seu colo.

E nada de soprar a sopa! Se estiver quente demais para tomar, ESPERE ESFRIAR. E NÃO, VOCÊ NÃO PODE BOTAR O GELO DO SEU COPO D'ÁGUA NA SOPA. Em alguns países, o *chef* iria considerar isso o mais grave dos insultos e teria justificativa para expulsá-la de sua sala de jantar.

CONVERSA DE PRINCESA À MESA

Conversa à mesa apropriada para uma princesa

É considerado rude, na maioria dos países, conversar sobre política ou religião à mesa do jantar, a não ser que você esteja jantando com amigos íntimos. As pessoas não querem perder o apetite ouvindo pontos de vista que podem ser radicalmente diferentes dos seus, independentemente do quanto você queira convencê-los de que estão errados. Guarde seu discurso para a hora do coquetel, durante o qual suas vítimas podem se fortalecer com sensatez contra tal ataque.

PRINCESA EM FESTA

Frequentemente, as princesas são chamadas para entreter. Quer você esteja oferecendo um baile ou um chazinho informal, as obrigações de uma anfitriã são sempre as mesmas:

↢ Tente apresentar convidados que não se conheçam e inicie uma conversa que possam continuar depois que você educadamente se afastar para cuidar dos outros convidados.*

*Nunca é uma boa ideia apresentar convidados com opiniões políticas radicalmente diferentes. Um comunista, por exemplo, nunca deve se sentar ao lado de um anarquista durante o jantar. O resultado garantido é um desentendimento.
[Isso também vale para líderes de torcida e *nerds*.]

⤙ Cuide para que seus convidados estejam confortáveis (é indesculpável deixar o ar-condicionado desligado em um dia quente ou o aquecimento em um dia frio!) e proporcione acesso fácil à comida e às bebidas.

⤙ Socialize, socialize, socialize!

Se você é a convidada em uma festa:

⤙ Chegue na hora certa ou no máximo 15 minutos depois da hora estabelecida no convite. Não existe essa história de "elegantemente atrasada" – é apenas grosseria!

⤙ Membros da aristocracia geralmente são bastante populares, logo são frequentemente convidados para vários eventos na mesma noite. A fim de evitar favoritismo a uma ou outra anfitriã, planeje passar cerca de uma hora em cada baile ou *soirée* – tempo suficiente para um drinque. Jantares, entretanto, são mais complicados. As princesas devem permanecer em um jantar por pelo menos uma hora depois que a refeição for servida. Qualquer partida antes disso é vulgarmente chamado pelos americanos de "*dining and dashing*", ou "comer e sair correndo". Se não for esperada em nenhum outro evento naquela noite, você pode tranquilamente permanecer em qualquer festa até que os outros estejam indo embora ou até que seus anfitriões pareçam visivelmente fatigados. Aí, é educado ir embora. Assegure-se de encontrar seu anfitrião ou anfitriã antes de ir, para agradecer por terem-na convidado. Se ele ou ela pedir para você não ir embora ou encorajá-la a ficar, você pode fazê-lo se estiver inclinada a isso e sentir que o convite é sincero.

↪ Se desejar levar um amigo ou um *chien* pequeno que não estava originalmente na lista de convidados, deve perguntar a seu anfitrião ou anfitriã com antecedência se há algum problema.

[Isso é especialmente importante se algum dos outros convidados (tal como Boris Pelkowski) tiver alergias e puder começar a espirrar incontrolavelmente com a introdução de animais no ambiente em que se encontra.]

PRINCESA POR ESCRITO

Nada diz mais *eu gosto de você e de tudo o que você faz por mim* do que um bilhete de agradecimento. Toda princesa deve ter seu próprio papel de carta real, de preferência monogramado com seu timbre real, no qual ela pode escrever cartas atenciosas para seus vários admiradores. Bilhetes de agradecimento nunca saem de moda e são sempre bem-vindos.

[Se você não manda um bilhete de agradecimento quando alguém lhe dá um presente, pode nunca mais receber um presente dessa pessoa, pois ela vai pensar que você é ingrata!]

A arte de um bilhete de agradecimento

Envie o bilhete assim que receber o presente, de preferência em no máximo uma semana. Mas um bilhete atrasado é preferível a bilhete nenhum.

O bilhete deve soar pessoal e sincero:

> *Queridos Papai e Mamãe,*
> *Adorei o lindo duende de jardim*
> *em gesso que vocês me man-*
> *daram! Ficou ótimo na minha*
> *saída de incêndio (já que não*
> *tenho um jardim).*

é preferível a:

> *Queridos Papai e Mamãe,*
> *Obrigada pelo presente.*

Sempre mencione o presente no corpo do bilhete (duende de jardim em gesso) ou a pessoa que o deu pode pensar que você tirou cópia e mandou o mesmo bilhete para todo mundo que lhe deu alguma coisa.

Se o presente chegou quebrado ou se você já tem um exatamente igual, não mencione isso no bilhete.

Se a pessoa lhe mandou dinheiro, mencione no bilhete o que você pretende fazer com os fundos:

Querida Grandmère,
O cheque muito generoso que você me mandou
de Natal vai direto para o fundo Salvem as Ba-
leias! Muito obrigada por me ajudar a salvar
uma orca.

Um bilhete de agradecimento por escrito é obrigatório:

↤ quando você é a convidada de honra em um jantar ou uma cerimônia tribal

↤ quando você recebe presentes de aniversário, formatura, Natal ou coroação

↤ quando você passou a noite na casa de alguém que não é um parente próximo nem um amigo que você vê frequentemente. Um bilhete de agradecimento é necessário neste caso, mesmo que você tenha agradecido pessoalmente ao anfitrião

[Por exemplo, eu não tenho de enviar um bilhete de agradecimento à Shameeka por me convidar para sua festa do pijama, mas tenho de enviar um para Tante Simone por me deixar passar a noite em sua *villa*.]

⟵ quando alguém lhe manda flores, principalmente com votos de melhoras

⟵ quando você recebe um bilhete de pêsames

⟵ quando você recebe um bilhete de parabenização (por exemplo, por ocasião de sua ascensão ao trono)

O bilhete de pêsames

Frequentemente, é exigido das princesas que mostrem força na mais trágica das situações. Quando um membro do Parlamento ou do Estado morre, a presença da princesa é obrigatória no funeral. Ainda que não seja mais considerado absolutamente necessário vestir-se de preto em funerais, deve-se optar por cores neutras, como cinza, marrom ou bege.

Além disso, as princesas sempre enviam um bilhete de pêsames escrito à mão para os que estão de luto. Bilhetes de pêsames são muito apreciados por pessoas que perderam alguém que amam. Sempre escritos à mão, esses bilhetes devem, se possível, conter uma historinha sobre o falecido que o leitor possa apreciar:

Querida Tante Simone,
Fiquei profundamente triste ao saber da morte súbita de seu amado gato, Monsieur Pomplemousse. Mesmo que eu não visse Monsieur Pomplemousse com tanta frequência, nunca me esquecerei do dia em que eu, sem querer querendo,

deixei cair meu foie gras *debaixo da cadeira e ele comeu tudo, para que eu não tivesse de comer. Monsieur Pomplemousse era realmente um gato entre os gatos, e sei que sentirei imensa falta dele. Avise-me se houver algo que eu possa fazer.*

   Com amor,
   Mia

De modo inverso, se alguém próximo a você morre e você for a receptora de bilhetes de pêsames, deve agradecê-los por escrito. Os bilhetes não têm de ser longos, mas devem ser sinceros. Um bom exemplo seria o seguinte:

Cher Amelia,
Seu gentil bilhete a respeito de Monsieur Pomplemousse chegou num momento em que eu precisava do apoio de minha família e amigos. É muito reconfortante saber que Monsieur Pomplemousse era tão amado, e quero agradecer a você por ter escrito.

   Sinceramente,
   Sua Alteza Simone Grimaldi

PRINCESA AO TELEFONE

Mesmo que a pessoa do outro lado da linha não possa vê-la, ele ou ela certamente pode ouvi-la. É importante praticar a etiqueta apropriada ao telefone em qualquer momento.

Se você recebeu uma ligação:

A melhor maneira de atender o telefone é dizendo "Alô". É correto perguntar quem fala se a pessoa do outro lado da linha não se identificar imediatamente. Além do mais, se a pessoa que ligou não é alguém cujo nome ou voz você reconhece, você pode informá-la de que a pessoa com a qual está tentando falar está ocupada e não pode atender o telefone.

[Nunca admita para um desconhecido ao telefone que você está sozinha em casa, principalmente se for o dia de folga do seu guarda-costas!]

Chamada em Espera é conveniente e, em algumas casas, necessária. No entanto, é grosseiro deixar alguém esperando por muito tempo. Quando atender a uma chamada em espera, é apropriado dizer à pessoa que ligou em segundo lugar: "Desculpe-me, mas estou com alguém na outra linha. Posso retornar a ligação daqui a pouco?" Depois, lembre-se de fazê-lo.

Se foi você que ligou:

É útil e de bom tom identificar-se imediatamente após a saudação. A maneira adequada de fazer isso é dizer, "Alô, aqui é a Princesa-Mãe de Genovia. Posso falar com o Príncipe René, por favor?"

Lembre-se: as boas maneiras são importantes!

PROTEÇÃO DA PRINCESA

por Lars, especialista em proteção

Há algumas ocasiões em que a educação não conta, e é quando você está em risco pessoal. As princesas têm guarda-costas para protegê-las, mas você não precisa de um especialista sueco em *krav magá* de 1,95 metro e 127 quilos (de puro músculo) como eu. Você pode proteger a si mesma. É fácil!

Quando abordada por um adversário, lembre-se do PPNV, ou seja, de aplicar cotovelos ou joelhos com o máximo de força no seu oponente.

Plexo solar
Peito do pé
Nariz
Virilha

Viu? PPNV! É fácil! Qualquer um pode fazer isso.

Outro desencorajamento excelente a um ataque físico é o uso das cordas vocais. Se alguém com motivos suspeitos se aproximar de você, grite. Mesmo que seu adversário lhe diga para parar de gritar, continue gritando até a chegada do socorro. Geralmente, gritar desconcerta tanto os malfeitores, que eles fogem do local – como criancinhas assustadas.

III.

Мода

Nota de
Sua Alteza Real, a Princesa Mia

É triste, mas é verdade: o modo como você se veste é importante. Não deveria ser – deveríamos ser julgados por nosso comportamento, não pela nossa aparência. Ainda assim, as pessoas irão julgá-la pelo que você veste. Então, você vai querer mostrar originalidade e o seu estilo próprio.

Se você estuda em uma escola onde tem de usar uniforme, como eu, seu guarda-roupa do dia a dia não é um problema tão grande. Se, no entanto, não se usa uniforme onde você estuda, então você tem de reunir o que se chama de "guarda-roupa para a escola". As roupas que você usa para ir à escola são diferentes das que vestiria para, digamos, um baile ou um jantar de Estado. Os guarda-roupas das princesas diferem drasticamente dos das pessoas comuns, porque as princesas têm de aparecer na TV e são muito fotografadas. Quer dizer, você não quer usar seu moletom velho preferido quando estiver inaugurando a ala infantil que doou para o hospital local. Os médicos e pacientes vão achar que você não se importa o suficiente com a ocasião para se arrumar... e isso pode causar um incidente internacional (acredite em mim)!

As pessoas que não têm de se arrumar toda vez que saem (como eu tenho) são sortudas. Ainda assim, mesmo que você só esteja indo à escola, deve tentar parecer descolada, enquanto continua se sentindo confortável.

FICANDO BONITA, SENTINDO-SE MEL*

por Sebastiano, renomado designer de moda de Genovia

Então, você quer parecer uma model* no primeiro dia de aula? Bom para você!

Porém, lemb*... modelos são pagas para terem boa aparência. Além disso, ganham muita roupa de graça, não? Se quiser parecer uma modelo com o orçamen* de uma garota norm*, eis o que você pode fazer:

Compre em lojas "*off pri*".* Todo mundo tem uma *off* perto de casa. Pode-se encontrar boas compras em uma *off*.

*Como o inglês não é a primeira língua de Sebastiano, ele tem alguma dificuldade em pronunciar a última sílaba de muitas palavras. Neste caso, mel significa melhor. Também: *modelo *lembre-se *orçamento *normal **off price*

Economize seu dinhei* o ver* todo e aí, um dia antes das aulas começarem, vá com amigas a uma *off pri*. Quando chegar à loja, não saia gastando, gastando, gastando. Compre o que você precisa.

O que tod* garota precisa para um guarda-rou* de volta às aulas é isso:

↩ Um par de *jeans* com bom caimento, azul
↩ Um par de *jeans* com bom caimento, preto
↩ Um par de calças com bom caimento, de qualquer cor
↩ Dois conjuntos de suét*, de qualquer cor
↩ Duas blusas, de qualquer cor
↩ Camisetas, muitas cores
↩ Uma saia, acima do joelho (mas não muito)
↩ Uma saia, abaixo do joelho (mas acima do tornozelo)
↩ Meias, de qualquer cor
↩ Meia-cal*
↩ Sutiãs, calcin*
↩ Um par de sapatos de enfiar, salto baixo
↩ Um par de tê*
↩ Um par de sapatos de enfiar, salto mais alto
↩ Um par de botas de cano longo
↩ Uma jaque* de esqui
↩ Um casaco preto, até o joelho

*dinheiro *verão *off price *toda *guarda-roupa *suéter *meia-calça *calcinha *tênis *jaqueta

Você deve ser capaz de, com a lista anterior, mon* mais ou menos uma dúz* de *looks* ótimos que irão durar o ano todo. Misture e combine! Use sua imagina*! Seja criati*! Pegue os cola* e echar* de sua mãe empresta*! Use-os enrola* em volta da cabeça! Quem se importa com a opinião dos ou*? Se eles não gostam das suas roupas, não gostam de Sebastiano, não? Fazer experiên* com mod* é a única maneira de saber o que fica melhor em você. Apenas, por favor, pelo bem de Sebastiano, uma princesa nunca deve usar:

- Minissaias curtas demais
- *Top* curtinho
- *Shorts* curtos demais
- Botas que vão até a coxa
- Salto-agulha
- Meia arrastão
- Qualquer coisa fúcsia

[Sebastiano obviamente nunca foi a uma festa na Escola Albert Einstein!]

*montar *dúzia *imaginação *criativa *colares *echarpes *emprestados *enrolados *outros *experiências *moda

VISTA-SE COMO UMA PRINCESA

*por Sua Alteza Real Clarisse Renaldo,
Princesa-Mãe de Genovia*

A sua aparência externa reflete como você se sente por dentro, e uma aparência relaxada simboliza uma mente inculta. Todas as pensadoras realmente grandes do século passado – a Princesa Grace de Mônaco, Audrey Hepburn e, é claro, Eva Gabor – estavam sempre impecavelmente vestidas. Então, ponha seus *jeans* e seus tênis de lado e prepare-se para aprender a se vestir como a realeza.

[Platão era um grande pensador, e ele só usava um lençol enrolado.]

Lingerie

Sutiãs em tons de branco ou neutro – assim como um preto, mas somente para ser usado com aquele vestidinho preto essencial. Nunca, nunca, use um sutiã preto com uma blusa branca.

[Isso, é claro, partindo do princípio que você tenha alguma coisa para botar dentro do sutiã, diferente de mim.]

Cintas, novamente em branco ou neutro. Uma preta, para o vestido citado acima.

[Cintas! Acho que ela quer dizer calcinhas que seguram a barriga. Por que uma princesa deve ser forçada a seguir o padrão ocidental idealizado de beleza – a silhueta andrógina – está além da minha compreensão; ainda que a duquesa de York tenha tentado aquela história de "vamos deixar tudo cair" e não tenha funcionado muito bem para ela.]

Anáguas: uma preta (mais uma vez, para o vestido citado anteriormente) e uma de algodão branco para ser usada engomada sob saias de verão rodadas.

[Anáguas era o que usavam antes de alguém inventar *spray* antiestática. Ainda que talvez seja melhor usar anáguas do que *spray* antiestática, devido à emissão de fluorcarbonetos que contribuem para a rápida desintegração de nossa camada de ozônio.]

Básicos

Cinco ou mais conjuntos de terninho em tons discretos de azul ou cinza, para almoços, chás, encontros de Estado, reuniões secretas etc.

[Conjuntos de terninho são, para Grandmère, o que *jeans* e camiseta são para o resto de nós.]

Vestido preto de tafetá, seda, lã, belbutina ou *faille*.

[Só que Grandmère diz que não é apropriado para garotas abaixo de dezoito anos usar preto, a não ser que estejam comparecendo a um funeral de Estado. Hum, *alô*! É óbvio que Grandmère nunca passou da Rua Quatorze, onde, se você não estiver vestida de preto e não tiver pelo menos uma tatuagem, vai parecer um ativista dos direitos dos animais em uma tourada.]

Vestido formal, em tons de azul-claro, rosa, branco ou junquilho.

[Nada de vermelho. Vermelho nunca, a não ser que você queira parecer a Nancy Reagan.]

Casacos

Casaco de pelo de camelo: a perfeita proteção de manhã até a noite. Procure um com corte quadrado ou em trapézio para vestir facilmente sobre saias com crinolinas.

[Ao contrário do que eu pensei a princípio, casacos de pelo de camelo não são realmente feitos com pele de camelo, portanto você não precisa se preocupar em ter matado um dromedário quando estiver usando um. Ah, eu quase me esqueci: CRINOLINAS!!! HA HA HA HA!!!]

Capa de chinchila: toda princesa deve ter uma.

[Hum, com licença, mas você já viu uma chinchila numa loja de animais? Elas são a coisa mais fofa e macia que você pode imaginar. Como esquilos que rolaram em algodão doce. Usar uma capa feita de centenas de chinchilinhas mortas? Isso é uma coisa que esta princesa aqui jamais vai fazer.]

Capa de chuva: porque às vezes, apesar de tudo, chove, até mesmo nas princesas.

Sapatos

Mocassins, de preferência costurados à mão e italianos.

[Acho que não há problema em usar sapatos feitos de couro, porque as pessoas – eu não, mas outras pessoas – comem carne, então pelo menos você sabe que as vacas não estão sendo mortas apenas por sua pele.]

Um par de escarpins pretos, com saltos de, no máximo, cinco centímetros.

[Principalmente se um salto de cinco centímetros vai fazê-la ficar tão alta quanto o seu namorado. Não que haja alguma coisa errada nisso.]

Sandálias de noite em dourado ou prateado, para serem usadas com vestido de gala.

[O sapato preferido *desta* princesa é de couro preto com costuras amarelas. É, estou falando de coturnos! Coturnos são a coisa mais confortável que você pode usar (é por isso que os soldados os usam: eles têm de marchar quilômetros e quilômetros, às vezes em temperaturas inclementes).

Além do mais, coturnos são uma declaração de personalidade. Eles dizem: eu me recuso a me submeter às regrinhas dos ditadores de moda da sociedade. Eu sou só eu mesma, Mia Thermopolis, princesa, simpatizante do Greenpeace e estudante do ensino médio!!!!]

Coturnos não são sapatos adequados a uma princesa.

Acessórios

Um fio único de pérolas perfeitas para usar no dia a dia.

[Sabia que, quando uma pérola é extraída de uma ostra, a ostra morre? Então, na verdade, se você usar pérolas, haverá uma pilha de ostras mortas em algum lugar.]

Brincos de pérola combinando.

[Duas ostras mortas.]

Brincos de brilhante de bom gosto de, no mínimo, um quilate cada e, no máximo, três – uma princesa nunca é espalhafatosa.

[Aprendi em Civilizações Mundiais que é muito importante ter certeza de que seus diamantes não foram extraídos em uma mina no exterior onde usam trabalho escravo de crianças ou praticam guerrilhas contra povoados próximos. Percebi que isso nunca é mencionado naqueles anúncios de Diamantes São Para Sempre.]

Tiara, de pelo menos 75 quilates, para ocasiões formais.

[Ver comentário sobre trabalho escravo infantil/guerrilhas referente a brincos de diamantes.]

Luvas brancas de algodão até os cotovelos.

[Na verdade, isso é muito útil. Quando você está usando luvas brancas, ninguém pode ver o quanto você rói suas unhas enquanto assiste a *Smallville*.]

Com um guarda-roupa com esses itens, nenhuma mulher – plebeia ou princesa – pode errar. De casamentos reais a Wimbledon, ela sempre estará perfeitamente vestida. E a aparência certa é, claro, a chave para a atitude certa.

[Mas eu acho que pode ser uma atitude mais nobre se você pegar o dinheiro que gastaria nesse guarda-roupa e doasse à Bide-A-Wee, a organização de bem-estar dos animais cujos centros de adoção encontraram lares para mais de um milhão de animais de estimação enjeitados durante os cem anos em que vêm atuando. Mas essa é só a minha opinião.]

O ideal de Grandmère

A realidade de Mia

MANUTENÇÃO ADEQUADA DE TIARAS

Uma parte essencial do guarda-roupa de uma jovem princesa é, claro, sua tiara. Há muitos tipos diferentes de ornamentos brilhantes para a cabeça, do pente decorativo à mitra papal forrada de arminho. Mas talvez o arquétipo mais reconhecível da condição de princesa seja a tiara.

O modo correto de se usar uma tiara é aproximadamente de cinco a sete centímetros de distância da testa. Próximo demais da testa nos dá uma aparência ligeiramente neandertal; se estiver afastada demais, a tiara não será visível naquelas fotos tão importantes liberadas para a imprensa.

Uma tiara nunca deve ser usada no café da manhã. Na verdade, não fica bem usar tiara antes das onze da manhã, exceto no caso de um funeral de Estado ou um casamento real.

Complementando, uma tiara não deve ser usada:

- ao nadar
- ao andar a cavalo
- ao praticar esqui aquático
- debaixo de capacetes enquanto se passeia por locais em construção
- durante um golpe de Estado

[Também não é uma boa ideia tirar sua tiara da caixa quando estiver em um veículo em movimento ou em um avião, porque ela pode voar das suas mãos e machucar o olho de um inocente passante. Não que isso tenha acontecido comigo. A não ser daquela vez.]

Nota de
Sua Alteza Real, a Princesa Mia

Você provavelmente está tão surpresa quanto eu por descobrir que ser uma princesa não significa apenas ser graciosa, ter boas maneiras e se vestir bem. Há um monte de outras coisas envolvidas também... como ser gentil com os menos afortunados que você e ter consciência social. Esse tipo de coisa chama-se caráter.

Você não tem de ter nascido nobre para ter bom caráter. Na verdade, eu conheço um monte de gente que não é nem um pouco nobre e que tem muitas qualidades principescas.

Eles, como eu, estão se esforçando para alcançar a autoatualização. Como se alcança a autoatualização? Bem, aqui estão algumas dicas que podem ajudá-la a chegar lá.

ÁRVORE JUNGIANA
DA AUTOATUALIZAÇÃO

Para colher os FRUTOS da vida, você deve começar criando uma base sólida de RAÍZES:

Aceitação
Contentamento
Saúde
Alegria

Paz
Determinação
Automotivação

Criatividade
Realização
Felicidade

A teoria jungiana afirma que, ao desenvolver as características abaixo, você irá colher as recompensas acima:

Compaixão
Caridade
Amizade

Amor
Receptividade
Gentileza
Confiança

Entusiasmo
Clemência
Gratidão

Viu? É fácil. Seja uma boa pessoa e você não vai apenas parecer uma princesa, mas também alcançará total harmonia espiritual!

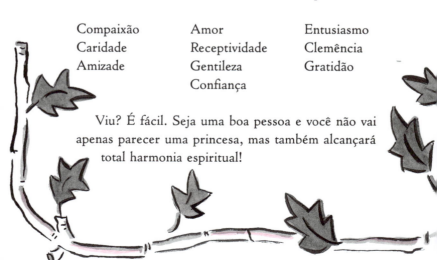

COMO FAZER UM AMIGO

por Hank Thermopolis, top model *masculino, recém-chegado a Nova York de Versailles, Indiana*

Então, você está chegando a uma nova escola/agência de modelos e não conhece ninguém. Isso não é desculpa para ir se sentar sozinha em um canto! A única maneira de fazer amigos é sendo... bem, amigável! Sorria para as pessoas. Diga oi. Não se meta nas conversas particulares de ninguém mas, se ouvir um grupo conversando sobre um filme que você acabou de ver, diga: "Ei, eu vi isso! Não foi legal quando aquele alienígena enorme arrancou a cabeça daquele cara com a boca?" ou algo assim.

Se você for do tipo tímido, experimente isso: encontre outra pessoa tímida. Quando ela estiver sozinha com a cabeça enfiada em um livro na biblioteca, chegue perto dela e mande um: "Oi, eu sou nova aqui. Pode me dizer onde eu entrego o meu *book*?" Claro, ela pode mandar você cair fora. Mas existe uma chance de que ela não faça isso. Aí, você acabou de fazer uma amiga!

Lembre-se: fazer amigos é só uma parte. Você também tem de mantê-los. Como fazer isso? – você pergunta. Bem, sendo fiel, sem jamais traí-los e nunca se esquecendo deles, mesmo depois de haver um *outdoor* enorme com sua foto seminua no Times Square.

TENHA ESPÍRITO ESPORTIVO

por Sua Alteza Real,
o Príncipe René Phillipe August Giovanni

Há mais para o espírito esportivo do que ser um bom atleta. Você também tem de ser um bom exemplo para os outros (se você teve a sorte de nascer um príncipe como eu). Isso significa não ser mau perdedor. Os nobres nunca têm ataques de fúria em campo, acusam os outros de roubar no jogo ou atiram seus tacos de polo longe quando perdem. Eles aceitam graciosamente a derrota, cumprimentando o vencedor com um aperto de mão e dizendo um sincero "ótimo jogo". Príncipes não reclamam sobre as condições do campo ou sobre a decisão do juiz, por mais justificadas que sejam tais reclamações.

Quando um príncipe ganha um jogo, ele nunca exulta, faz uma dancinha especial quando marca um gol ou canta canções grosseiras a respeito dos perdedores. Um bom vencedor sempre reconhece o esforço de seus oponentes e lembra-se de que ele próprio podia facilmente estar no lugar do perdedor.

Seja esquiando, velejando em uma regata ou simplesmente jogando bilhar na sala de jogos do palácio, um príncipe sempre dá o melhor que pode, mostra entusiasmo e tenta se divertir – mesmo que esteja perdendo feio.

COMO SER UM BOM ESPECTADOR

por Lilly Moscovitz, ávida fã de cinema e namorada de um garoto que respira pela boca

Vamos combinar: não há NADA mais irritante do que pagar dez dólares (ou mais, se você morar no Canadá ou tiver comprado pipoca e refrigerante) e se sentar em uma sala de cinema só para ter pessoas atrás de você falando alto ou chutando a sua cadeira o filme inteiro. Isso NÃO É comportamento de princesa. Não é nem um comportamento humano.

crunch crunch crunch

Quando as pessoas se reúnem em um local público para assistir a um evento esportivo, um filme, uma peça ou um show, normalmente pagaram o preço do ingresso por sua diversão. Então, é muito chato que outras pessoas estraguem esses acontecimentos mastigando alto, gritando coisas para a tela do cinema (tá, tudo bem, isso pode ser divertido numa pré-estreia ou no Rocky Horror ou sei lá o quê, mas não o

Alô? Não posso falar...

tempo TODO), atendendo celulares, conversando uns com os outros, gritando obscenidades para os jogadores do time adversário ou FUMANDO.

Um conselho para gente que respira pela boca: então, você tem desvio de septo ou tem de usar aparelho. Ainda assim, você TEM de respirar pela boca? TEM MESMO? Será que você pode TENTAR juntar os lábios e respirar pelo nariz??? POR FAVOR???

Todos nós temos de viver neste planeta. Vamos tentar não irritar uns aos outros.

CHEGOU E-MAIL PARA VOCÊ

por Kenneth Showalter, maníaco por e-mail

Todo mundo ama e-mail. Não conheço ninguém que diga, "Ah, não, de novo não" quando vê uma mensagem em sua caixa de entrada. As pessoas gostam de receber e-mails, desde que não sejam desaforos ou *spam*.

Acho que a melhor coisa sobre o e-mail, além do fato de ser uma maneira rápida e divertida de se comunicar com os seus amigos, é que é um método excelente – se você não se sente à vontade conversando cara a cara com membros do sexo oposto – de se comunicar com a pessoa que você admira secretamente. É claro que certas precauções precisam ser tomadas se você não quiser pegar muito pesado:

↜ Pare de mandar e-mails para pessoas que não respondem. Isso significa que ele ou ela não está interessado.

↜ E-mails muito longos ou e-mails demais em um período de 24 horas podem ser um balde de água fria para uma pessoa que não sente por você a mesma coisa que você sente por ela.

↜ Não envie um e-mail de volta assim que receber uma resposta. Você não quer que sua paquera ache que você não tem nada melhor para fazer do que ficar checando seus e-mails a cada cinco minutos (mesmo que isso seja verdade). Além do mais, parte da graça do e-mail é ficar imaginando se/quando você vai receber uma resposta. Faça-a esperar um pouco!

Lembre-se: o e-mail é uma ótima forma de se comunicar... mas há uma diferença entre conhecer alguém melhor e, bem, persegui-la. Bjs!

[Se a pessoa que você admira é alguém que você conheceu em uma sala de bate-papo, tenha em mente que ele pode ser um maníaco que respira pela boca ou um agente duplo de um reino rival ou sei lá o quê. Proceda com muita cautela.]

POPULARIDADE

por Shameeka Taylor, amiga da princesa Mia Thermopolis e recentemente aceita como líder de torcida da Escola Albert Einstein

Todo mundo quer ser popular. Mas, por mais que algumas de nós se esforcem, não vai acontecer. Quer dizer, Mia Thermopolis é uma princesa e ela não é popular. Eu fiz o teste para entrar na equipe de líderes de torcida e, mesmo tendo passado e tudo o mais, eu ainda não sou popular. Não que eu queira ser. Não foi por isso que tentei entrar para a equipe. Eu só queria ver se conseguia. E consegui.

Acho que ninguém entende exatamente por que algumas pessoas são populares e outras não. Quer dizer, às vezes garotas totalmente sem sal ganham a eleição de Rainha da Primavera enquanto garotas realmente lindas nem são convidadas para o baile, então não tem nada a ver com a sua aparência. E completos idiotas já foram eleitos presidentes de turma enquanto caras legais ficam em casa assistindo a *Deep Space Nine* todo sábado à noite, então também não tem nada a ver com seu comportamento.

Acho que ser popular tem mais a ver com a sua atitude. Pelo que eu observei, quanto menos as pessoas ligam para o fato de serem populares, mais populares elas são.

Então, preocupar-se com a sua posição na hierarquia social da escola é bobagem. É mais importante ter *bons* amigos do que amigos populares e fazer o que você gosta sem se preocupar com o que os outros pensam. Essa é a única forma de alcançar aquela autoatualização da qual a Mia vive falando – pelo menos, que eu saiba.

[Mesmo que a Shameeka tenha entrado para a equipe de líderes de torcida, nós a perdoamos porque ela provou que *algumas* líderes de torcida *são* legais (além do que agora ela pode nos contar todas as fofocas sobre a Lana!).]

CINCO MANEIRAS FÁCEIS PARA VOCÊ SALVAR O PLANETA

por Sua Alteza Real, a Princesa Mia Thermopolis

As princesas querem ter certeza de que este planeta e todas as espécies que existem continuem aqui por algum tempo. Seguindo os passos simples abaixo, você pode dar uma ajudinha para garantir que isso aconteça:

1. Ande. Vá de bicicleta. Ou use o transporte público, se ele existe onde você mora. Economize nossas fontes de energia vital.

2. Sabe aqueles negócios de plástico que vêm em volta das latas de bebida quando você compra seis latinhas? Corte os círculos para que não sejam mais círculos e depois jogue fora. Às vezes, esses negócios vão parar no mar e os focinhos dos golfinhos são pegos acidentalmente por aqueles círculos e eles ficam com a boca presa, não podem comer nada e morrem de fome.

3. Recicle. Não é difícil. As latas vão para um saco. Os jornais são amarrados.

4. Apoie candidatos que querem proteger o meio ambiente. Mesmo que você seja jovem demais para votar, você pode se oferecer como voluntária para candidatos que estão trabalhando para que o ar que todos nós respiramos seja seguro.

5. Não Polua!!!

LISTA DE MIA THERMOPOLIS E LILLY MOSCOVITZ DE FILMES NOS QUAIS OS PERSONAGENS ALCANÇAM A AUTOATUALIZAÇÃO E/OU AGEM COMO PRÍNCIPES OU PRINCESAS DE ALGUMA OUTRA MANEIRA

Em busca da vitória: Matthew Modine continua fiel a seus princípios, apesar de ser dispensado por Linda Fiorentino, e ganha o torneio de luta livre (assim como o coração de Daphne Zuniga), tudo isso enquanto usa uma graça de *colant*.

Matrix: Keanu Reeves escolhe salvar a humanidade em vez de ficar de papo para o ar sonhando com filés.

Gostosa loucura: Kirsten Dunst tem de chegar a um acordo no seu relacionamento com seu pai ou ele irá mandá-la para um campo para adolescentes problemáticos e ela nunca mais verá seu namorado gato de novo.

Legalmente loira: Reese Witherspoon lentamente percebe que o conhecimento é mais importante do que certidões de casamento, sem deixar de estar linda o tempo inteiro.

Teenagers – As apimentadas: Líderes de torcida (comandadas por Kirsten Dunst) aprendem que ganhar não é tudo; às vezes, fazer a coisa certa é mais importante.

No balanço do amor: uma bailarina (Julia Stiles) finalmente admite que, só porque sua mãe morreu a caminho de seu teste na Julliard, isso não é motivo para pendurar suas sapatilhas de ponta.

Homem-aranha: Tobey Maguire prova que, só porque você tem a capacidade de dominar o mundo, não significa que deva fazer isso. Uma lição valiosa para todos os líderes mundiais!

V.

Educação

Nota de
Sua Alteza Real, a Princesa Mia

Contrariando a crença popular, você não precisa ter tirado dez em todas as matérias no colégio para governar um país. Nem precisa ter feito o ensino médio – principalmente se você herdar um trono, como eu vou fazer algum dia.

Infelizmente, no entanto, haverá aqueles (como meu pai, que diz que eu ainda tenho de fazer faculdade, apesar do fato de já ter a carreira de princesa à minha espera) que irão insistir para que você não só termine o ensino médio, mas que também faça um curso superior. E, realmente, se você pensar a respeito, provavelmente é bom aprender História Mundial, Matemática etc., para que tenha pelo menos alguma ideia do que está fazendo quando se reunir com o Parlamento para assinar projetos de leis sobre taxas e outras coisas.

Até agora, o ensino médio tem sido a pior experiência da minha vida (sem contar toda essa história de princesa). Qualquer um que diga que esses são os melhores anos da sua vida provavelmente é alguém que era popular quando estava no ensino médio.

EDUCAÇÃO ADEQUADA PARA UM FUTURO MONARCA

*por Sua Alteza Real, Clarisse Renaldo,
Princesa-Mãe de Genovia*

Quando eu era jovem, presumia-se que as moças só precisavam ser enviadas para a escola para receber uma educação formal se fossem incultas ou não tivessem outra maneira de conhecer jovens solteiros.

Hoje, as coisas são muito diferentes. Acho vital que as meninas aprendam na escola habilidades importantes que às vezes são negligenciadas por suas mães. Toda princesa em treinamento precisa de uma educação abrangente sobre as seguintes coisas:

- Latim (a fim de ler os timbres de família de seus semelhantes)
- Francês (para que ela entenda as palavras de amor sussurradas em seus ouvidos; e também o cardápio do Lespinasse)
- Costura (bordado, *petit-point*, crochê – as mãos de uma dama nunca descansam)
- Dança (valsa, rumba, tango)
- Gemologia (para poder diferenciar uma pedra falsa de uma verdadeira)

A familiaridade apropriada com os itens acima garantirá a qualquer moça uma vida de encontros românticos emocionantes e aventuras exóticas.

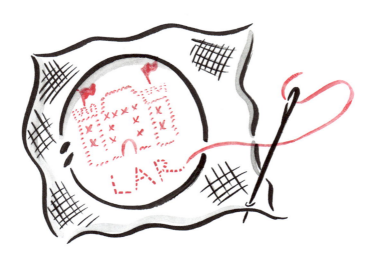

Toda garota precisa aprender dança de salão...

...para não bancar a idiota no baile de formatura.

EDUCAÇÃO ADEQUADA PARA UM FUTURO MONARCA

por Sua Alteza Real, Príncipe Artur Christoff Phillipe Gerard Grimaldi Renaldo, de Genovia

As responsabilidades enfrentadas pelos líderes mundiais atualmente são inacreditáveis. Apenas com a contribuição ao bem-estar mundial através do fortalecimento dos governos democráticos poderemos dar um fim à tirania e à ditadura. Profissionais eficientes em serviço internacional e governo hoje precisam de uma compreensão total de teoria e história, assim como habilidades superiores analíticas e práticas. Qualquer um que deseje uma carreira no serviço público, ou mesmo ajudar a resolver os problemas enfrentados pelos servidores públicos de hoje, deve possuir, no mínimo, alguma familiaridade, se não um diploma, no seguinte:

- Política Econômica
- Bioética
- Análise Quantitativa Comercial
- Descentralização Fiscal e Finanças do Governo Local
- Projeto Comparativo de Imposto de Renda
- Estruturas Analíticas para Política
- Política Agropecuária e Alimentícia
- Privatização, Finanças e a Regulamentação da Infraestrutura Pública
  - Negociação da Expansão da União Europeia
    - Comunidades Viáveis e Segurança Pública
    - Ciência Ambiental e de Recursos Naturais
    - Questões Jurídicas e de Política Pública
    - Projeção e Gerenciamento de Sistemas de Energia
  - Política de Educação e Reforma do Sistema Educacional Público
  - Direitos Humanos, Soberania do Estado e Persecução
    - Guerras e Conflitos Étnicos
      - Gerenciamento de Leis e Políticas de Conflitos Internacionais
        - Corporações Militares e Estado
        - Intervenções e Processo de Paz
          - Obtenção e Utilização do Poder Institucional

- Liderança Frente ao Conflito
- Resoluções de Disputas entre Várias Partes
- Inteligência, Comando e Controle
- Alocação de Recursos de Defesa e Planejamento Militar
- Controle da Proliferação de Armas de Destruição em Massa

Por meio da diplomacia cautelosa, as sementes da paz internacional foram plantadas. Apenas através da educação a paz irá florescer. O destino do mundo está em SUAS mãos. Não nos decepcione.

ATIVIDADES EXTRACURRICULARES

*por Lana Weinberger, capitã da equipe
principal júnior de líderes de torcida e garota mais
popular da Escola Albert Einstein*

As atividades extracurriculares não são apenas algo que você faz depois das aulas para conhecer rapazes (ainda que isso seja mais um benefício). Não, as universidades olham o seu histórico para ver se você esteve ou não envolvida em atividades extraclasse.

Algumas atividades extracurriculares das quais você pode pensar em participar são líder de torcida (se você for bonita e flexível o suficiente), futebol, ginástica olímpica, banda, handebol, atletismo, basquete, futebol americano, beisebol ou vôlei.

Algumas atividades extracurriculares dos *nerds* são o anuário, o jornal da escola, teatro, coro, clube de xadrez, clube de informática etc.

E, se você for realmente uma pateta, pode se oferecer como voluntária depois da aula para organizações que levam refeições a pessoas com dificuldade de locomoção, para o Greenpeace, a biblioteca local, o hospital ou abrigos para indigentes. As universidades gostam muito desse tipo de coisa, mesmo que signifique que você vai estar perto de pessoas com quem normalmente não seria vista nem morta.

E agora eu gostaria de aproveitar esta oportunidade para pedir a vocês todas para por favor pararem de se amontoar na frente do espelho no banheiro das meninas todo dia, porque fica muito difícil verificar se meu *gloss* está direito.

[O que a Lana não parece perceber é que todos os chamados *nerds* da nossa escola hoje são os Bill Gates, George Clooney e Steven Spielberg de amanhã. Ao ignorá-los, ela só está tornando mais provável que nenhum deles olhe em sua direção em nossas futuras reuniões de classe.]

VI.

O MISTERIOSO MUNDO DOS GAROTOS

Nota de
Sua Alteza Real, a Princesa Mia

Então, você finalmente encontrou seu lindo príncipe... ou pelo menos um cara que você gostaria de conhecer melhor. Eis aqui algumas maneiras de chamar sua atenção – sem fazer com que ele fuja correndo de você e do seu ardor como uma corça assustada – escritas pela especialista em romance (ela já leu mais de mil romances!) e colega de colégio, Tina Hakim Baba.

Inclui também: uma contribuição do convidado especial Michael Moscovitz (isso mesmo... MEU CONSORTE REAL).

EU QUERO QUE *VOCÊ* ANDE EM DIREÇÃO AO PÔR DO SOL COM O PRÍNCIPE ENCANTADO: EIS AQUI COMO VOCÊ PODE FAZER ISSO ACONTECER!

por Tina Hakim Baba, especialista em romances no ensino médio

Sete segredos para conquistar o coração do seu verdadeiro amor ou, pelo menos, conseguir um encontro com ele:

1. Esteja sempre arrumada e bonita perto do objeto de seu afeto. Obviamente isso não é possível se vocês fazem Educação Física juntos, mas você entendeu o que eu estou dizendo: tente estar o mais arrumada e bonita possível, dentro dos limites.

2. Seja simpática, mas não pegue muito pesado: sorria para o cara e diga oi quando o vir. Se surgir uma oportunidade para conversar, aproveite, mas não se esforce para fazer isso acontecer (por exemplo, não finja dar um encontrão nele e deixar cair sua tiara. Na maioria das vezes, os garotos percebem esse tipo de plano).

3. Depois que já o tiver conhecido, tente manter as coisas casuais. Não despeje todos os seus problemas – não im-

porta o quão interessantes ou dramáticos você possa pensar que são – ou faça fofocas maldosas. Lembre-se, você está tentando impressioná-lo com sua inteligência e seu charme, não assustá-lo ou enojá-lo.

4. Não se esqueça de escutar quando for a vez dele de dizer alguma coisa. Não há nada mais irresistível do que uma boa ouvinte. Uma boa ouvinte:

- nunca interrompe
- olha nos olhos
- deixa a pessoa dizer tudo que ele ou ela tem a dizer antes de falar

5. Não fique chateada se você vive conversando com um cara e, mesmo assim, ele não a convida para sair. Os garotos não amadurecem tão rápido quanto as garotas, e ele pode nem estar pensando nesse tipo de coisa ainda.

6. Você pode precisar recorrer a medidas mais drásticas, tais como entrar para o mesmo grupo de estudos do qual ele faz parte ou aparecer nos mesmos eventos que ele frequenta, antes que ele finalmente perceba a sua presença. Não há nada de errado em fingir interesse em,

digamos, aracnídeos, se ele adora aranhas. Mas normalmente é melhor admitir, depois que já estiverem saindo, que você não gosta realmente de criaturas de oito patas... só dele! Ele provavelmente vai ficar lisonjeado. Apenas assegure-se de que vocês realmente têm algumas coisas em comum ou você vai acabar passando mais tempo do que qualquer um gostaria na casa dos insetos no zoológico ou assistindo a documentários sobre tarântulas no Discovery Channel.

7. Se, depois disso tudo, o cara ainda não a tiver convidado para sair, talvez você precise agarrar o touro pelos chifres (por assim dizer) e convidá-lo você mesma.

Tina continua: convidando um cara para sair...

De acordo com a avó de Mia, nunca fica bem uma garota convidar um rapaz para sair. Sem querer ofender a princesa-mãe, mas isso não é verdade. A única coisa que não fica bem é viver chamando para sair uma pessoa que sempre recusa seu convite. Ele está recusando por um motivo, e esse motivo pode ser não estar interessado em você dessa forma; gostar de outra pessoa; não ter permissão para namorar ninguém de outra religião; ou estar prometido a outra. Tente não levar sua recusa para o lado pessoal (embora eu saiba que é difícil) e siga com sua vida. Quem sabe? Ele pode acabar mudando de ideia (mas, a essa altura, você provavelmente terá encontrado o amor da sua vida!).

Seis segredos que irão ajudar a transformar aquele *Não, obrigado* em um *Mal posso esperar*:

1. Estudar junto é bom porque normalmente não existe pressão. Por exemplo, você pode convidar um cara para ir à sua casa (quando seus pais estiverem em casa) para vocês estudarem para a prova de História juntos. Sair em grupo também é uma maneira excelente de conhecer alguém. Ir patinar no gelo, sair para comer ou ir ao cinema em um grupo grande é divertido e menos intimidante do que

um encontro a dois quando você está só começando a conhecer alguém.

2. Convide o cara para ir a um evento específico, marcado para uma data específica. Não diga "Quer dar uma volta uma hora dessas?". Isso é ruim porque ele não tem como recusar educadamente se realmente gostar de outra pessoa. Em vez disso, pergunte: "Você gostaria de ir à minha coroação comigo no sábado à noite?" Dessa forma, se ele gostar de você, mas estiver ocupado no sábado à noite, ele pode dizer: "Desculpe, não posso. Mas posso ir no domingo." Ou, se ele não gostar de você, pode simplesmente dizer: "Desculpe, não posso."

3. Em geral, você deve convidar alguém para sair dois ou três dias antes do evento – pelo menos uma semana ou mais de antecedência se é um acontecimento especial, como o baile de formatura. É grosseria ligar para alguém no sábado à noite e convidá-lo para sair naquela noite, a não ser que seja algo casual em grupo. Esperar até o último minuto para convidar alguém para sair sugere que você presumiu que ele ou ela não tinha outros planos.

4. Convide-o para sair pessoalmente, por telefone ou por e-mail. Não peça a outra pessoa para convidá-lo por você porque você é covarde demais para fazê-lo você mesma!

Ninguém gosta de gente covarde. Além disso, se ele disser não, todas essas outras pessoas vão saber e você vai ficar superenvergonhada.

5. Convide-o quando ele estiver sozinho, não com um grupo de amigos. A maioria dos garotos é bastante imatura, e eles pegam no pé uns dos outros por causa desse tipo de coisa. Poupe-o – e a você mesma – do sofrimento. E, se você vai telefonar, telefone em um horário decente, tipo antes das nove horas da noite.
Não precisa aborrecer os pais dele antes mesmo que a conheçam!

6. Em geral, a pessoa que convida é quem paga. Nunca convide um cara para sair e espere que ELE pague a sua parte! Se você não está preparada para pagar a parte dele, assegure-se de que ele saiba disso com antecedência, para que leve dinheiro suficiente. Por exemplo, você pode dizer: "Quer ir jogar boliche no Chelsea Piers sexta-feira à noite? Eu pago a *pizza*, se você pagar a pista e os sapatos."

Tina diz: se ELE convidar VOCÊ para sair...

Sortuda! Ele a convidou! Ele finalmente a convidou! Agora, não estrague tudo pulando e esticando o punho fechado para cima. Entusiasme-se, mas fique fria.

[Se você é como eu, e seu pai, o príncipe de um pequeno país europeu, não permite que você saia com um garoto que ele não conhece, você tem de confessar isso IMEDIATAMENTE para qualquer garoto que a convide para sair. Não é justo com o garoto só avisá-lo no último minuto. Ele precisa de tempo para se preparar psicologicamente, porque conhecer monarcas pode ser muito intimidante.]

As Cinco Possíveis Respostas de Tina à Grande Pergunta:

1. Se você tem de perguntar a seus pais antes de aceitar um convite para sair, diga: "Ah, eu adoraria ir ao planetário com você no sábado, mas tenho de perguntar à minha mãe primeiro. Posso ligar de volta quando ela me responder?" Depois, assegure-se de ligar para ele em seguida.

2. Depois que tiver aceito o convite, seria muito não principesco mudar de ideia e cancelar no último minuto porque:
a) alguém de quem você gosta muito a convidou para sair, ou
b) você decidiu que não gosta do garoto tanto quanto pensava.
Você TEM de sair com ele. Cancelar só é aceitável se você ficar doente ou houver uma emergência de família inevitável, como um golpe de Estado no seu reino. Se uma dessas coisas acontecer, você deve ligar imediatamente para ele e avisá-lo. Nunca, jamais deixe de comparecer a um encontro. Pense em como você se sentiria se alguém fizesse isso com você!

3. Se alguém de quem você não gosta muito a convidar para sair, pense antes de dizer não. Às vezes, as pessoas não causam uma boa primeira impressão ou agem perto de outras pessoas diferentemente do que quando estão só com mais uma pessoa. O garoto na aula de Literatura que vive fazendo piada pode não ser tão gatinho quanto o garo-

to ligeiramente confuso que senta ao seu lado na aula de História, mas lembre-se de que é mais divertido rir do que ficar olhando para um perfil bem delineado.

4. Se você realmente não suporta o cara que acabou de convidá-la para sair, diga: "Sinto muito, mas já tenho outro compromisso." Não precisa se explicar ou inventar mentiras complicadas. Por exemplo, se você disser: "Sinto muito, tenho de batizar um navio de guerra nessa noite" e, em vez disso, o cara a vir no cinema, ele ficará magoado. E as princesas tentam nunca magoar os outros. É por isso que uma princesa jamais telefonaria para cada um dos seus amigos depois de recusar um encontro, dizendo: "Você não vai acreditar em quem acabou de me convidar para sair." Uma princesa tenta tratar os outros da forma como ela gostaria de ser tratada.

5. Se alguém de quem você gosta convidá-la para sair mas você não puder ir porque já tem compromisso para aquela noite, você precisa expressar sua tristeza sinceramente, para que ele a convide para sair em outra ocasião. Diga: "Eu sinto muito mesmo, mas não posso, tenho de assumir meu lugar no trono nessa noite. Mas estou livre no fim de semana que vem, se o convite ainda estiver de pé." Dessa forma ele vai saber que você realmente quer sair com ele e não está só inventando uma desculpa.

Tina diz: então, ele a dispensou...

Todo mundo é dispensado. Até mesmo estrelas de cinema totalmente maravilhosas como a Nicole Kidman. Até mesmo princesas.

Eis aqui o que você deve fazer enquanto espera seu coração sarar: jogue-se de cabeça em alguma atividade extracurricular divertida. Entre para o grupo de teatro da escola ou ofereça-se como voluntária no abrigo de animais local ou comece a fazer caratê ou arrume um trabalho de babá de meio-período e assista a filmes bobos da Disney com as crianças. Faça alguma coisa – QUALQUER COISA – para tirar o cara da cabeça.

O que não significa que um mero vislumbre dele no corredor não vá perfurar seu coração como ferro em brasa. Mas, com o tempo, não vai doer tanto quanto costumava doer.

E então, um dia, você vai perceber que não dói *mais nada* e que esse outro garoto – do qual você sempre gostou, mas achava que ele nem sabia da sua existência – na verdade também gostava de você o tempo todo e vocês dois vão cair nos braços um do outro e viver felizes para sempre. Mesmo que você não seja uma princesa.

A ENTREVISTA EXCLUSIVA
DE TINA HAKIM BABA COM UM
CARA DE VERDADE, O CONSORTE
REAL MICHAEL MOSCOVITZ

Tina Hakim Baba: Temos muita sorte por termos conseguido acesso a um cara de verdade, Michael Moscovitz, que concordou em nos conceder uma entrevista sem censura sobre o tópico seu amor por Mia. Michael, primeira pergunta: é justo dizer que seu coração cantou de alegria na primeira vez em que você via a Mia?

Consorte Real Michael Moscovitz: Hum, bem, tecnicamente, já que a primeira vez em que vi a Mia ela tinha seis anos de idade e estava de cabeça para baixo no trepa-trepa, com os lábios azuis porque tinha chupado bala, eu teria de dizer que, hum, não.

Tina HBB: Certo, bem, quando você percebeu que sua vida sem a Mia era uma página vazia, um livro em branco, uma tênue rede de mentiras?

CR Michael M: Tenho mesmo de responder isso?

Tina HBB: Você disse sem censura.

CR Michael M:	Bem, então eu teria de dizer que foi na primeira vez em que a vi de patins. Mia é a pior patinadora que eu já vi. Ela caía o tempo todo. Mas aí, ela se levantava de novo, como se nada tivesse acontecido. Era uma gracinha.
Tina HBB:	Uma gracinha?
CR Michael M:	É, uma gracinha.
Tina HBB:	Continuando. A brisa na folha das árvores parece suspirar "Mia" quando você passa?
CR Michael M:	Na verdade, não.
Tina HBB:	Não? Está bem, mas, quando seu olhar se encontra com o da Mia, você sente centelhas de amor por dentro?
CR Michael M:	Sabe de uma coisa? Eu tenho de ir. Eu tenho um negócio. Um negócio para fazer.

Tina HBB:	Só mais uma pergunta. O que você diria que o deixou mais atraído por Mia? a) seus olhos acinzentados b) seu cabelo castanho c) sua boca travessa, mas altamente beijável d) sua silhueta de sílfide
CR Michael M:	Hum, eu teria de dizer seu senso de humor.
Tina HBB:	Essa não é uma das opções.
CR Michael M:	Eu sei, mas é a verdade.
Tina HBB:	Sei. Bem, todos os músculos do seu corpo gritam para estar perto dela quando vocês não estão juntos?
CR Michael M:	Eu realmente tenho de ir agora.
Tina HBB:	Está bem, mas antes responda isso. A Mia o faz sentir-se completo, preenche um vazio em você que você nem sabia que existia, faz seus lábios formigarem com um único olhar, o inspira a ser melhor, mais corajoso, mais generoso, só para tentar merecê-la?
CR Michael M:	Hum, sim?
Tina HBB:	Foi um prazer entrevistá-lo, Michael. Você é mesmo um homem entre os homens.

Conclusão:

Últimas reflexões da Princesa Mia

*Nota de
Sua Alteza Real, a Princesa Mia*

Espero que você tenha achado este guia útil. Como pode ver, há *muito* mais em ser uma princesa do que apenas usar uma tiara e tirar as sobrancelhas.
Basta lembrar:

A Gentileza é Importante Atos espontâneos de gentileza são dez! Mandar uma mensagem para alguém que está deprimido; oferecer-se para ir ao cinema com a nova garota de quem ninguém gosta; deixar sua melhor amiga pegar sua tiara emprestada para usar em seu programa no canal de TV a cabo – isso tudo são coisas extremamente principescas de se fazer.

Apenas Diga Não, Obrigada Só porque você é gentil não significa que tenha de aceitar tudo. Não deixe que os outros lhe digam o que fazer – a não ser que o que estejam propondo seja para seu próprio bem, como ter aulas de Álgebra ou algo assim. Uma princesa é segura de si. Uma princesa não permite que abusem dela.

Sorria Princesas sempre apresentam seu melhor humor – não só porque algum repórter provavelmente vai pular dos arbustos e tirar uma foto de você e você não quer estar medonha quando ele fizer isso, mas pelo bem do moral do seu reino. Então, você é uma garota alta demais, com seios pequenos, amante de desenhos japoneses que tirou nota baixa em Álgebra e o garoto que você adora não reage às cartas de amor anônimas que você vive enfiando no seu armário. Nunca deixe seu público ver que isso a incomoda! Não seja falsa, mas também não bote o reino para baixo.

Seja Sempre Graciosa Quando perdemos, nós, princesas, não deixamos que ninguém saiba que isso nos chateia. Em vez disso, nós vamos para casa e despejamos todos os nossos sentimentos de ódio e inveja em nossos diários. Então, o garoto de quem você gosta parece gostar de uma garota que sabe clonar moscas-das-frutas. Então, sua melhor amiga tem um par para o Baile de Inverno Não exclusivo e você não tem. Não deixe que eles saibam que isso a deixa chateada! Princesas não querem que ninguém sinta pena delas.

E mais importante:

Seja Você Mesma Princesas lançam sua própria moda, não seguem a ditadura da moda dos outros. Será que uma garota de cabelo verde e *piercing* no umbigo pode realmente ser uma princesa? Claro, se ela escolheu esse cabelo verde e o *piercing* no umbigo porque quis e não apenas porque todo mundo está usando.

Lembre-se: ser uma princesa tem a ver com como você age, não com quem seus pais são, quantos pontos você fez no vestibular, que atividades extracurriculares você decide fazer ou a sua aparência, apesar do que Grandmère, Sebastiano, Paolo e todo mundo diz.

Ser uma princesa tem mais a ver com a sua atitude, na verdade, do que com seu estilo de vida. E, você sabe, mesmo que não haja países o bastante no planeta para que cada uma de nós tenha a chance de reinar suprema, é possível para todas nós pelo menos *agir* como princesas, mesmo que algumas de vocês não virem princesas *de verdade* (e, acreditem em mim, é muito melhor assim).

FIM
ou, possivelmente,
O Começo?

Meg Cabot é a autora da série de best sellers aclamados pela crítica *O Diário da Princesa*, o primeiro dos quais foi transformado no popular filme da Disney do mesmo nome. Seus outros livros para adolescentes incluem *A garota americana*, *O garoto da casa ao lado* e a série *A Mediadora*. Quando não está escrevendo romances, Meg se mantém ocupada melhorando sua etiqueta, para que, quando seus pais verdadeiros, o rei e a rainha, aparecerem para lhe devolver o trono que é seu por direito, ela não cometa nenhuma gafe. Ela mora em Nova York com seu consorte real e uma gata caolha chamada Henrietta.

O trabalho de *Chesley McLaren* já enfeitou as páginas e vitrines de clientes famosos como *Vogue*, *InStyle*, *The New York Times*, Saks Fifth Avenue e Bergdorf Goodman. Ela estreou como escritora/ilustradora com *Zat Cat!, A Haute Couture Tail* e ilustrou *You Forgot Your Skirt, Amelia Bloomer!* Ainda que ela pudesse ser muito feliz morando em Versailles, entre os candelabros e os salões de baile, Chesley mora em Manhattan com seu consorte real e Monsieur Étoile, o Zat Cat original!

Impressão e Acabamento

Prol